W0337698

Cette histoire est pour Tautmina et Raoul.

J. S.

Photogravure : ColorWay
Lettrage : Raphaël Hadid

ISBN 978-2-36981-468-9

© Rue de Sèvres, Paris, 2017
www.facebook.com/ruedesevresBD
www.editions-ruedesevres.fr

Le scénario de cet album, ainsi que des deux tomes suivants de la série Petit Vampire à paraître chez Rue de Sèvres, feront l'objet d'un long métrage d'animation, réalisé par Joann Sfar, produit par Autochenille Production et Studiocanal.

Tous droits de reproduction et d'adaptation strictement réservés pour tous pays
Dépôt légal : mai 2017
Imprimé en France par Pollina - L80362

Loi n°49-956 du 16 juillet 1949 sur les publications destinées à la jeunesse.

PETIT VAMPIRE

Acte 1 : Le Serment des pirates

Scénario de **Sandrina Jardel** et **Joann SFAR**
Dessins : **Joann SFAR**
Couleurs : **Brigitte Findakly**

RUE DE SÈVRES

Tu vois !
Tu vois ce qui arrive
quand on me brise le cœur.

Touchez-la et mon père va vous...
Parce que tu as un père, toi ?
Personne ne vous sauvera.
Je vous offre au dieu du Néant.
Tu sais ce que ça veut dire, gamin ?
Ça veut dire que
personne ne vous sauvera.
2

Épargnez mon enfant
et je vous donne ma vie.
Trop tard.
¡¡¡¡¡RRR
AH! AH! AH! AH! AH!
Si un homme sauve mon enfant
je lui offre ma vie.
PLUIE
vent.
CLAC!
3

KK-KKRR
?
Tu mourrais
pour moi ?
Sauvez mon enfant !
Tu ne sais pas ce que tu viens de faire.
Ri!
RRRR.ip!
K-KKKR
4

Prenez garde lorsque vous faites appel aux âmes des morts !
BOUM
KRAK
K-POW !
Car, parfois
les morts répondent à votre appel.
TING !
Ça charcle
grave.
Et les spectres
s'insinuent partout.
Le jeune garçon se dit que ce ne sont peut-être pas des méchants.
On les entraîne dans les airs
sa maman et lui.
5

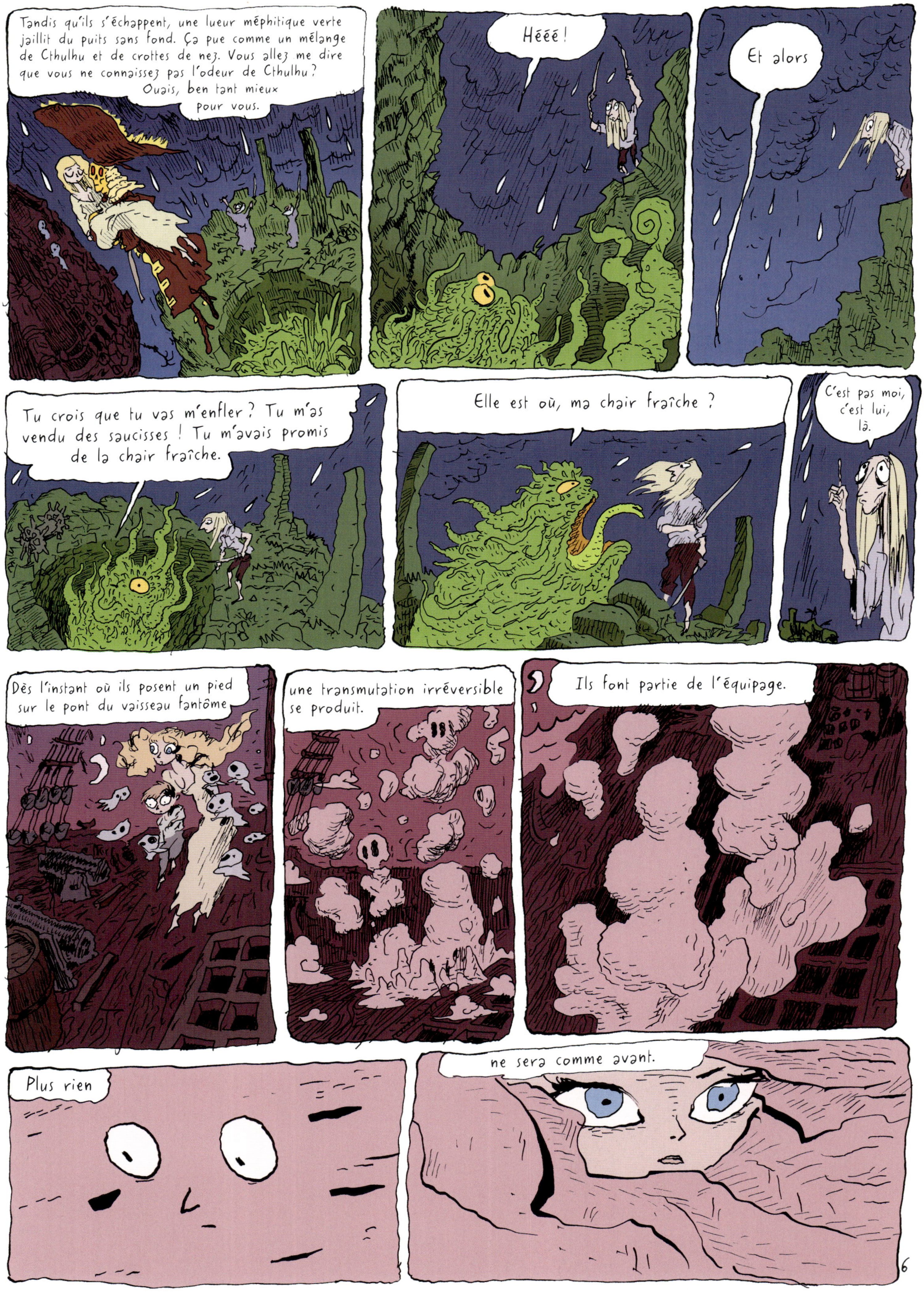
Tandis qu'ils s'échappent, une lueur méphitique verte jaillit du puits sans fond. Ça pue comme un mélange de Cthulhu et de crottes de nez. Vous allez me dire que vous ne connaissez pas l'odeur de Cthulhu ?
Ouais, ben tant mieux pour vous.
Hééé !
Et alors
Tu crois que tu vas m'enfler ? Tu m'as vendu des saucisses ! Tu m'avais promis de la chair fraîche.
Elle est où, ma chair fraîche ?
C'est pas moi, c'est lui, là.
Dès l'instant où ils posent un pied sur le pont du vaisseau fantôme
une transmutation irréversible se produit.
Ils font partie de l'équipage.
Plus rien
ne sera comme avant.
6

pardon
pardon
pardon
Faites preuve de mansuétude.
Pas mon style !
Je peux vous être utile.
Hmmm.
Mouais, tu vas bosser pour moi, désormais. T'es moins bête que les autres.
Et je pourrai me venger ?
De qui, cafard ?
Mais de la blonde, là. Pandora.
Si elle n'est pas à moi, elle n'est à personne.
Ah ! Ah ! Ah ! En amour, tu m'as l'air d'un vrai loser, toi ! C'est bien. Plus les mecs sont frustrés en amour, plus les cultes démoniaques gagnent d'adorateurs.
GLOUBS !
GLOUBS !
PULSE !
7

Un tas de linge.
Des yeux en sortent.
Il ne sait pas encore
qu'il est devenu Petit Vampire.
Pardon.
C'est égoïste de vous embarquer avec mes fantômes.
Ce n'est sans doute pas ce dont rêve une femme.
Maman, où on est ?
Sensation surprenante : le vol.
!!!
???
8

Oui, c'est l'un des rares avantages. Si on le souhaite, on vole. J'espère que vous ne vous ennuierez pas trop.
M'ennuyer ?
Je n'ai jamais rien vu d'aussi...
séduisant.
Il y a d'autres mauvaises nouvelles ?
Hmmm...
Vous aurez, pour toujours, le même âge.
Hi ! Hi ! Je peux m'y faire.
Et moi ?
J'aurai toujours le même âge ?
Malheureusement oui, mon garçon.
Ouah ! Je crois que c'est...
trop bien !
9

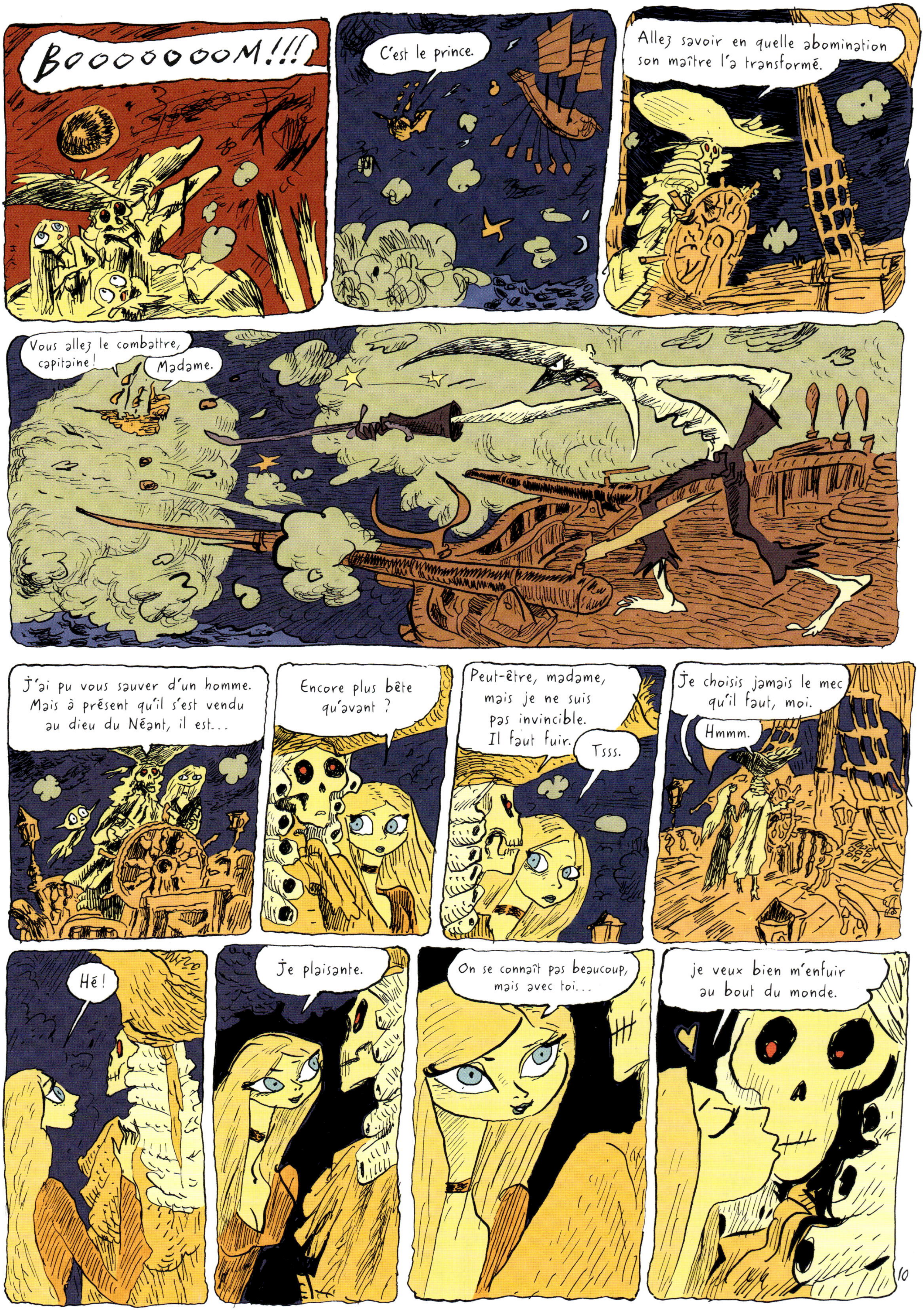
BOOOOOOOM!!!
C'est le prince.
Allez savoir en quelle abomination son maître l'a transformé.
Vous allez le combattre, capitaine!
Madame.
J'ai pu vous sauver d'un homme. Mais à présent qu'il s'est vendu au dieu du Néant, il est...
Encore plus bête qu'avant ?
Peut-être, madame, mais je ne suis pas invincible. Il faut fuir.
Tsss.
Je choisis jamais le mec qu'il faut, moi.
Hmmm.
Hé!
Je plaisante.
On se connaît pas beaucoup, mais avec toi...
je veux bien m'enfuir au bout du monde.
10

Générique

?
CLAC!
Oublie tout ça.
oublie
ou
blie
12

Les gens qui y sont entrés n'en sont jamais revenus.
Et tu crois ça, toi ?
Les fantômes, je suis sûr que ça existe.
Mais je crois qu'on peut jamais les voir.
Tu es sûr ?
Mes parents sont au ciel. Je leur parle mais ils me répondent jamais.
Tu t'imagines bien que s'ils pouvaient venir me dire bonjour de temps en temps, ils le feraient.
Bon. Dans ce cas, ça te fera pas peur
d'aller dans la maison hantée.
Un garçon qui voudrait vraiment m'impressionner
il irait dans la maison hantée...
CLAC
iiik...
13

VOUSCHHH !
CRAC !
Ça va, Michel ?
Ouais, ouais.
Tu parles.
TOC
Tu vois, y a pers...
Ouah !
Ah ! Ah ! Trouillard !
Geoffroy !
Je vais te
martyriser.
Hé ! T'as pas d'couilles.
Et t'as pas d'mère.
T'es affreux.
Krrr
Et toi, dans deux minutes...
Pif ! Paf ! T'as plus de dents.
Merci, Geoffroy.
Merci.
J'ai pas peur des trous du cul.
J'ai juste peur de cette maison.
19

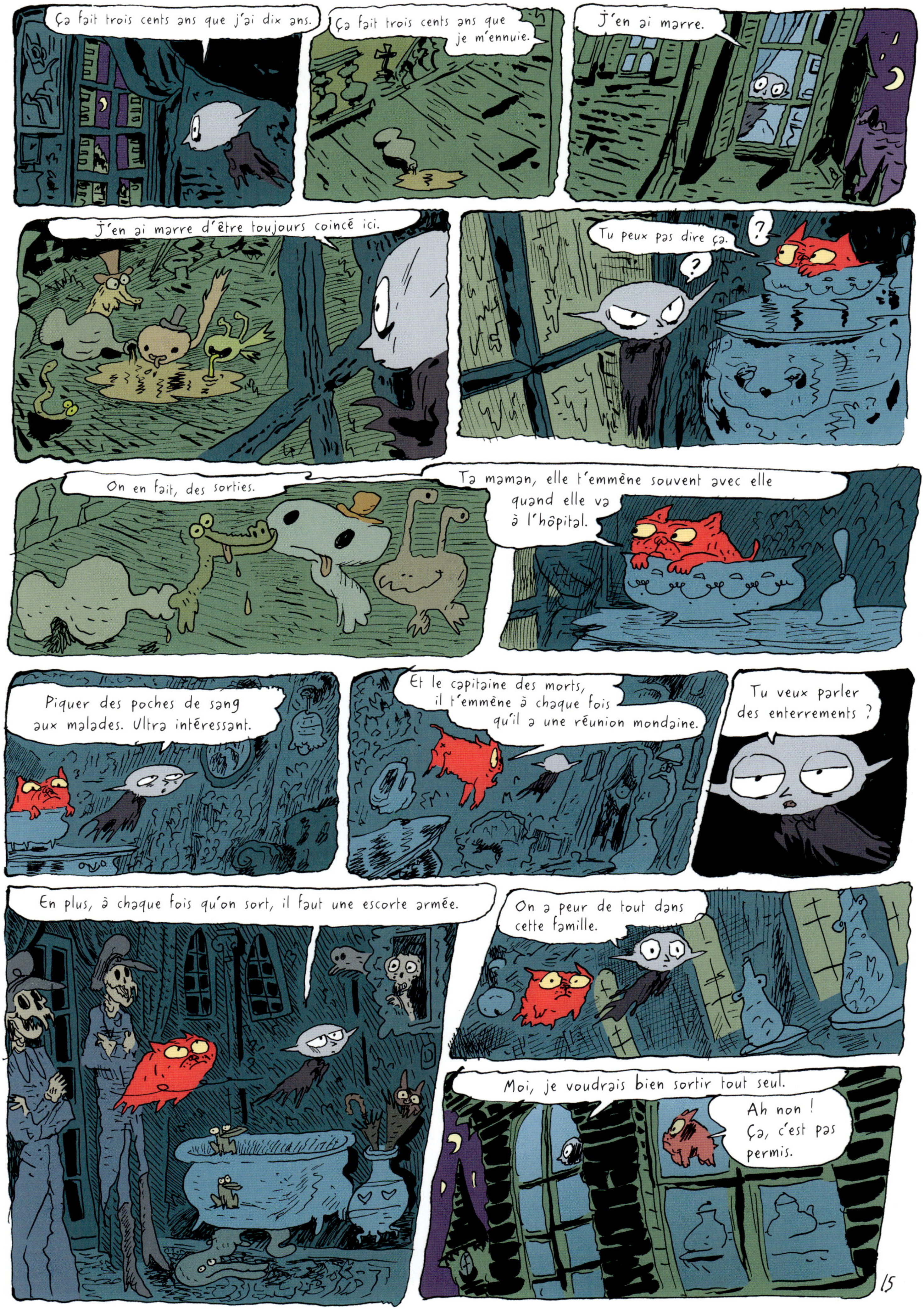

Ça fait trois cents ans que j'ai dix ans.
Ça fait trois cents ans que je m'ennuie.
J'en ai marre.
J'en ai marre d'être toujours coincé ici.
Tu peux pas dire ça.
?
?
On en fait, des sorties.
Ta maman, elle t'emmène souvent avec elle quand elle va à l'hôpital.
Piquer des poches de sang aux malades. Ultra intéressant.
Et le capitaine des morts, il t'emmène à chaque fois qu'il a une réunion mondaine.
Tu veux parler des enterrements ?
En plus, à chaque fois qu'on sort, il faut une escorte armée.
On a peur de tout dans cette famille.
Moi, je voudrais bien sortir tout seul.
Ah non ! Ça, c'est pas permis.
15

Et quand je demande pourquoi, personne me répond.
Hééé !
KRAK !
T'es relou, Petit Vampire.
Pardon. Chuis jeune. Je peux pas m'empêcher.
C'est comme ça, Petit Vampire.
Y'a des choses qu'il vaut mieux pas savoir. Regarde : moi, je sais rien. Et je demande rien. Et je suis ?
Et je suis ? Content ! Voilà, je suis content.
T'en as de la chance.
Oh ! Tu vas pas faire la tête le soir du ciné-club ?
Rhooo ! Encore le ciné-club...
SCRRRP
Hééé
PFRRT !
Malpoli.
Que font les parents ?
GZT !

Les caca du cinéma
Les yéyé du cinéma
POP WORM
Essuyez vos pieds, quoi !
J'ai pas de pieds.
C'est pas une raison.
CLAC !
Je suis désolé, Fantomate, mais la vie éternelle ne peut pas se résumer au ciné-club.
Ça dépend du film, Petit Vampire.
Non, Fantomate.
Ça dépend surtout de qui s'occupe du ciné-club.
17

C'est moi !
C'est moi qui mets la bobine.
Attention...
sois prudent mon garçon, c'est de l'argentique.
Mééé...
Héérgh.
Arrêtez vos coucouilles, là.
On vous dit que c'est fragile.

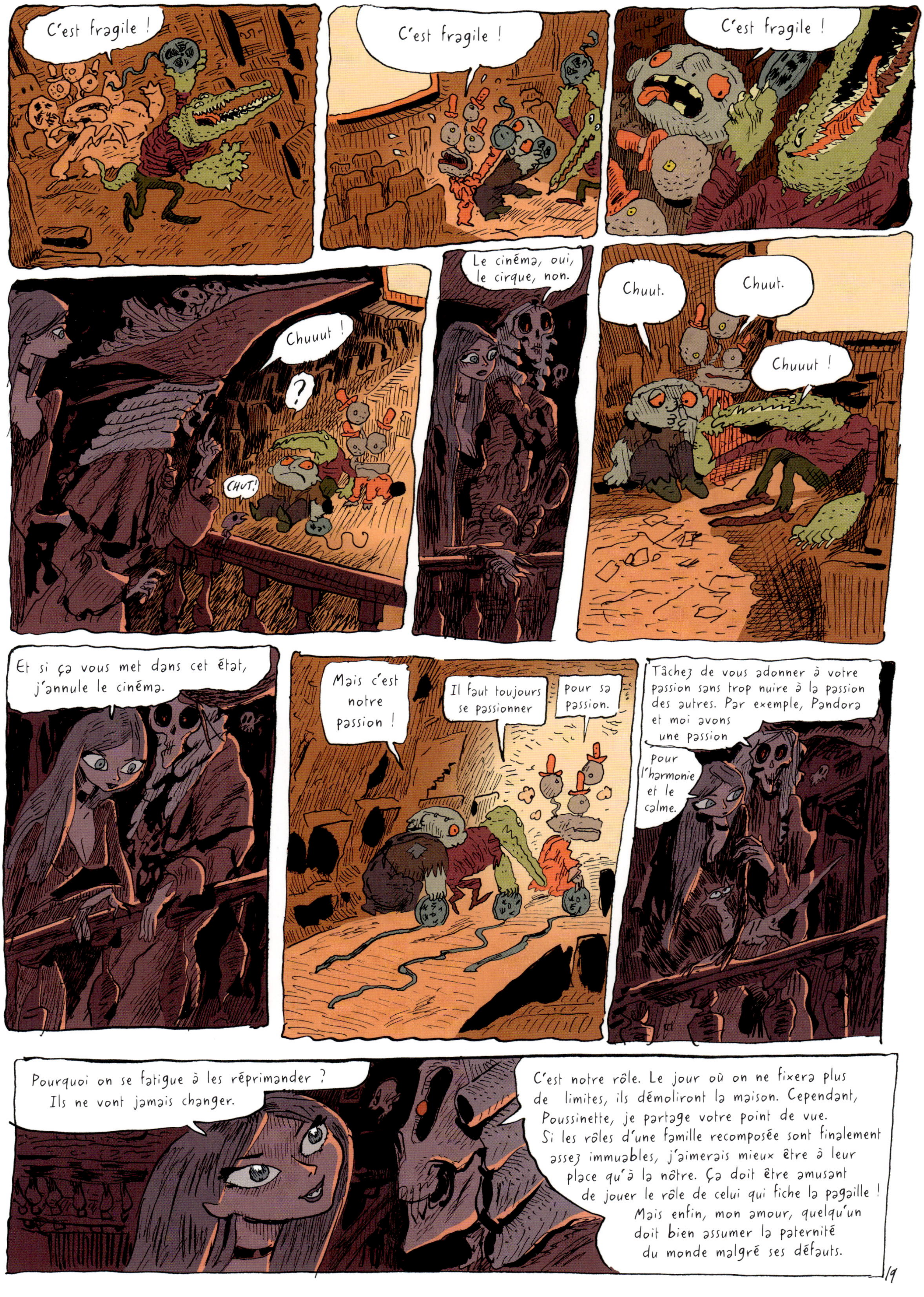

C'est fragile !
C'est fragile !
C'est fragile !
Chuuut !
?
CHUT!
Le cinéma, oui, le cirque, non.
Chuut.
Chuut.
Chuuut !
Et si ça vous met dans cet état, j'annule le cinéma.
Mais c'est notre passion !
Il faut toujours se passionner
Pour sa passion.
Tâchez de vous adonner à votre passion sans trop nuire à la passion des autres. Par exemple, Pandora et moi avons une passion
pour l'harmonie et le calme.
Pourquoi on se fatigue à les réprimander ? Ils ne vont jamais changer.
C'est notre rôle. Le jour où on ne fixera plus de limites, ils démoliront la maison. Cependant, Poussinette, je partage votre point de vue. Si les rôles d'une famille recomposée sont finalement assez immuables, j'aimerais mieux être à leur place qu'à la nôtre. Ça doit être amusant de jouer le rôle de celui qui fiche la pagaille ! Mais enfin, mon amour, quelqu'un doit bien assumer la paternité du monde malgré ses défauts.
19

Frankenstein
et le monstre de l'enfer
et
avec Peter Cushing.
Chapeau ! Hé, chapeau !
... avec un vrai monstre dans le rôle du monstre.
HAMMER
Chapeau !
Chapeau !
Marguerite, c'est pas des vrais monstres.
Si, c'est des vrais monstres !
Et ils font comment, à ton avis, si c'est pas des vrais monstres ?
Ouh ! J'ai peur ! J'ai peur ! J'ai peur !
Chuut !
Y va s'taire, oui ?
Chapeau !
Marguerite, tais-toi !
Oui, Marguerite, tu gâches le ciné-club, mon garçon.
Mais j'ai peur.
J'ai peur que le monstre y va perdre.
Tsss.
20

Mais les monstres perdent toujours, Margueriteuuu !
Oui, mais ils reviennent au coup d'après.
Hé !
Ça va pas, Pitchoune ?
J'ai besoin de sortir
me promener.
Promener !
HH
HH
HH
Allez !
Promener ! Lance-moi le nonosse : lance.
Allez !
Allez !
Allez !
Mais Fantomate, arrête, zut !
Oui
Il a raison, vous êtes très discourtois.
Une chose pareille ne se serait jamais produite à notre époque.
Vous voyez bien qu'on joue. Foutez-nous la paix.
GROMPF!
GRRROooOOO
Allez !
NON!
NON!
NON!
NON!
POUT
La bagarre !
Ça suffit, Fantomate.
Never more, t'as compris ?
?
21

Je veux jouer avec des enfants de mon âge.
T'as un chien. Ça te suffit pas ?
Maintenant, je vais sortir d'ici.
Ah ! Ah ! Il est drôle.
Je m'en fiche, je quitte cette maison !
On y va ?
T'es fou ?
¡¡¡¡¡
Il sort !
Aaah !
Houuu !
Il a perdu la boule !
C'est ulbglblggk.
Bldl.
Non.
Mais pourquoi, capitaine ?
Soi-disant, vous êtes un pirate redoutable. Qu'est-ce qui vous fait peur ?
Le capitaine entraîne Petit Vampire vers la maison. Mais au lieu d'entrer par la porte principale
ils s'enfoncent doucement sous le bâtiment.
22

Ça va, chuis pas un bébé.
S'il y a des trucs graves, vous pouvez me le dire. De toute façon, on est déjà morts. Je vois pas ce qui pourrait nous arriver.
J'offre la vie éternelle, Petit Vampire.
Ça a un prix.
Capitaine, Petit Vampire est assez grand, peut-être.
Vous pourriez lui parler.
?
Parce que notre figure de proue a son mot à dire sur l'éducation de mon fils ?
23

Non. Mais pas du tout, Poussinette ! Je suis sûr qu'elle disait ça juste pour aider.
N'est-ce pas, Boidormante ?
Moi, quoi qu'il arrive, tout ce que je dis, c'est mal interprété, alors...
Voilà, t'es content ?
Avec tes caprices, les parents sont en colère !
Nous sommes très calmes, Fantomate. C'est toi qui t'énerves.
C'est parce qu'il me vexe, ce gosse.
Je me tue à le distraire. Avec la baballe, les osselets, le Monopoly... et ça lui suffit jamais !
C'est pas contre toi, Fantomate.
Je veux des enfants de mon âge, tu comprends ?
Bon, viens. Maman va te lire Le Livre des vampires.
Non. Ça suffit tout ça ! Je veux qu'on me traite comme les autres enfants.
Mais on te...
Je veux aller à l'école.
24

Tous les enfants vont à l'école. Je suis un enfant, oui ou non ?
Moussaillon, si les gamins vivants te voient, ça va être la panique. Sans compter que...
Je me cacherai.
Pas question. On va te trouver des occupations dans la maison.
Mais tu ne peux pas sortir d'ici.
Pourquoi ?
Parce que tu es très bien ici.
C'est pas une réponse.
BRROOM !
BODOBOM !
???
Ce n'est rien, je m'en charge, Toutou.
Ça vient du cinéma !
OUIIIIIN !
Margueriiite !
Je vais t'écrabouiller !
Quoi encore, cette fois ?
Il faut encore réparer l'écran du cinéma.
Marguerite.
Mais je faisais rien ! Mais je faisais rien !
25

Marguerite, dis-moi que t'as pas encore sauté dans l'écran pour aller aider les monstres du film...
Méééé.
Bouhouhouu, les monstres y perdent toujouuurs...
J'en peux plus. Vous cassez tout tout le temps. Y a rien à faire dans cette baraque.
J'ai besoin d'un environnement plus à même de me stimuler.
Kestadi ?
Je me casse !
Je me sens écrasé d'ennui.
Il faut que je trouve une idée...
26

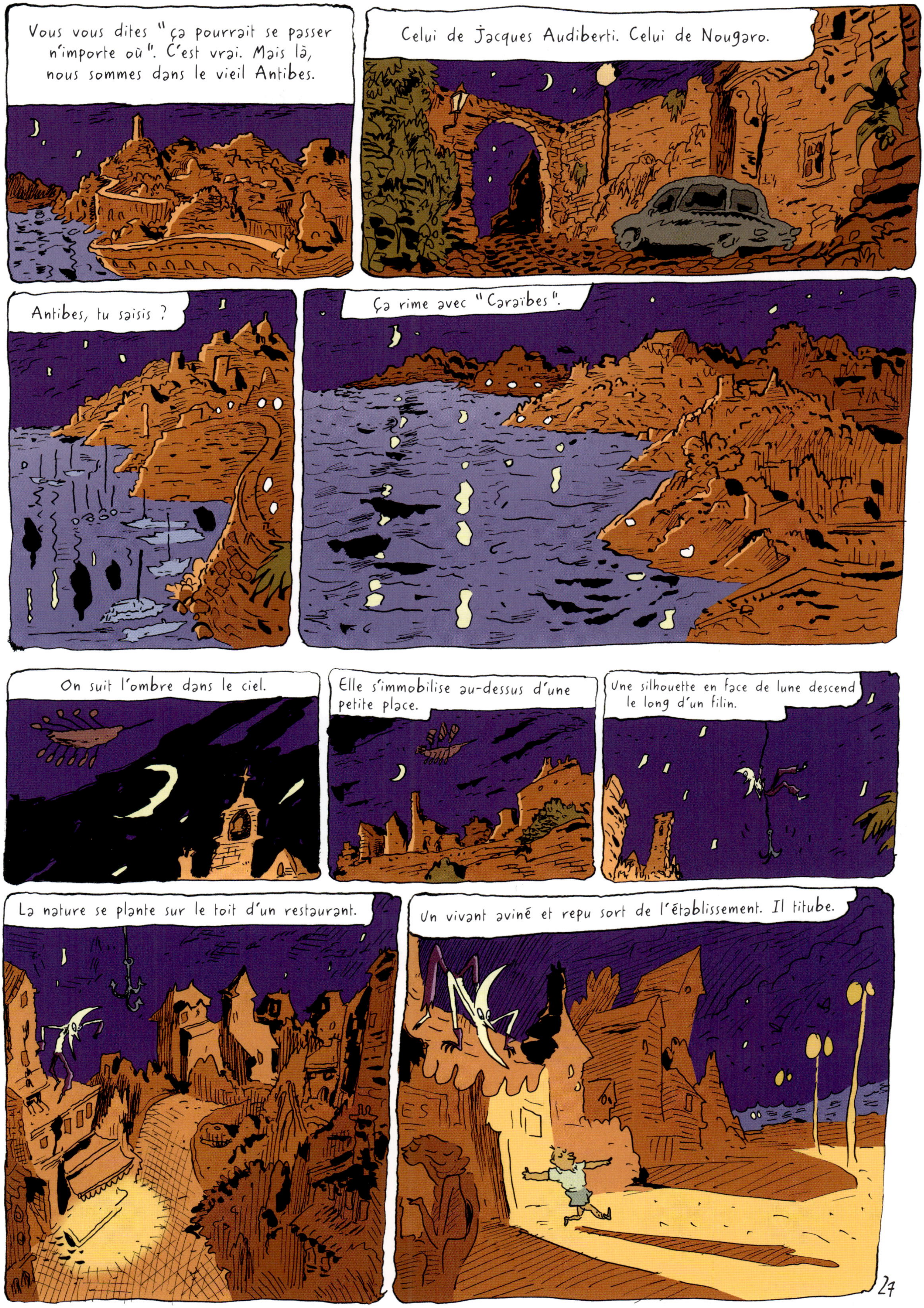
Vous vous dites "ça pourrait se passer n'importe où". C'est vrai. Mais là, nous sommes dans le vieil Antibes.
Celui de Jacques Audiberti. Celui de Nougaro.
Antibes, tu saisis ?
Ça rime avec "Caraïbes".
On suit l'ombre dans le ciel.
Elle s'immobilise au-dessus d'une petite place.
Une silhouette en face de lune descend le long d'un filin.
La nature se plante sur le toit d'un restaurant.
Un vivant aviné et repu sort de l'établissement. Il titube.
27

Une voiture arrive vite.
La face de lune bondit
attrape le bras de l'ivrogne.
Une silhouette enveloppante, arachnoïde et indistincte.
Je viens de vous sauver la vie.
Mais non.
J'allais bien.
Si je ne vous avais pas retenu, cette voiture aurait pu vous écraser.
Mais pas du tout. Je faisais attention.
Bon... Bon, pour cette fois, vous avez été prudent. Mais admettez que ça fait peur.
La mort ! On peut mourir !
Quoi ?
Quand ?
Mais tout le temps !
À l'improviste ! Une voiture, une chute, une maladie ! Pauvre de vous !
Vous, non ?
Moi ? Non.
Moi, j'ai la vie éternelle. Vous la voulez ?
Ça coûte combien ?
C'est gratuit ! Signez là...
?
Il signe.
Et se transforme aussitôt en kawaii.
Un insecte ridicule et mignon.
Il est très embêté.
Non !... Non mais j'vais pas être pour toujours
un kawaii !! Si ! Ah ! Ah ! Ah ! Si !
28

Des gens sortent du restaurant, manquent de marcher sur la bestiole sans remarquer le Gibbous...
qui se fond avec aisance dans les ombres du décor.
Non mais il doit y avoir un moyen de...
Je veux pas !
J'avais pas compris.
Les vampires se cachent. Mais je sens une faille dans leur système de défense, vous comprenez ?
Trouvez-moi les vampires : un enfant, sa mère et un vieux pirate. Et je réexaminerai votre cas. Enfin...
peut-être.
Il remonte vers les nuages.
Ah! Ah! Ah!
Et...
comment je fais pour vous joindre ?
Il reçoit un petit téléphone portable.
Bing!
Merci. Et je demande qui ?
29

Petit Vampire a quitté le toit. Il est de retour dans la salle de cinéma où Claude finit de scotcher l'écran.
Ça y est. C'est bon. Ça tient.
Petit Vampire aurait-il quelque chose en tête ?
Allez ! On s'y met ! On lance le film.
Mais on n'a pas encore choisi quel film !
T'as changé d'avis ? T'aimes le cinéma, maintenant ?
Oui, oui. Vite !
J'ai pas toute la nuit.
Mais tu veux voir quoi ?!!
N'importe quoi ! Je veux voir...
Ça !
Il brandit une bobine à laquelle il n'a même pas jeté un œil. Sur la boîte figurent un faon et un gros lapin aux yeux tendres.
Tu pètes un câble, Petit Vampire ! C'est quoi ton blème ?
Bennn...
C'est un dessin animé mignon !
T'es fou !??
Ça fait extrêmement peur !
Ouais, non. J'me suis trompé.
Ça.
Ouf !
30

"Le Masque de la mort rouge"
Ça, c'est bon.
Au coup de tonnerre du début du film, les monstres sombrent dans une joyeuse catatonie. La surface de l'écran les captive davantage que leur propre existence.
Piochant à pleines mains dans du pop-corn vivant, ils se laissent absorber par le spectacle.
Petit Vampire en profite pour se tirer. Il rampe sur le sol.
Il croit que personne ne le voit filer.
Il passe derrière l'écran. Zut ! Fantomate l'a suivi.
Tu pars sans moi, Pitchoune ?
Si tu me dénonces, t'es pas un copain.
Je le savais que si on allait derrière on pouvait voir les acteurs ! Ils sont où ?
C'est pas ça, Marguerite. Retourne dans la salle.
Ouais. On va dans un endroit très spécial.
Tu peux pas venir.
Ben, tu sais même pas où je vais, Fantomate.
Vous allez où ?
Je vous préviens, si vous me dénoncez, je vous parle plus jamais.
31

Le film continue derrière eux. Ils parlent dans la lumière projetée.
Je vais à l'école parce que c'est important pour moi.
Je le savais.
Pour rencontrer des amis de mon âge.
Pffft.
Et vous allez pas le dire aux parents, sinon je serai le plus triste du monde.
D'un seul mouvement, les trois monstres partent en courant.
Panique chez Petit Vampire et Fantomate qui s'imaginent qu'ils vont ébruiter l'affaire.
Hé ! Qu'est-ce qui leur prend.
Ils vont cafter, ces misérables ! Tu peux pas leur faire confiance. Ton seul vrai ami, c'est moi, tu sais.
Mais les monstres reviennent instantanément, les bras chargés de présents.
Tiens.
?
Du caca. Ça fait toujours plaisir !
Merci, Marguerite. C'est très gentil. Mais pour quoi faire ?
C'est pour la maîtresse. Si tu vas à l'école, tu dois faire un cadeau à la maîtresse.
Tiens...
C'est le livre administratif de mon garage. Ça te fait un cahier. Moi, ça va pas me manquer.
Je sais pas trop écrire.
Moi, j'ai une plume
et un bout de fusain et un cartable.
32

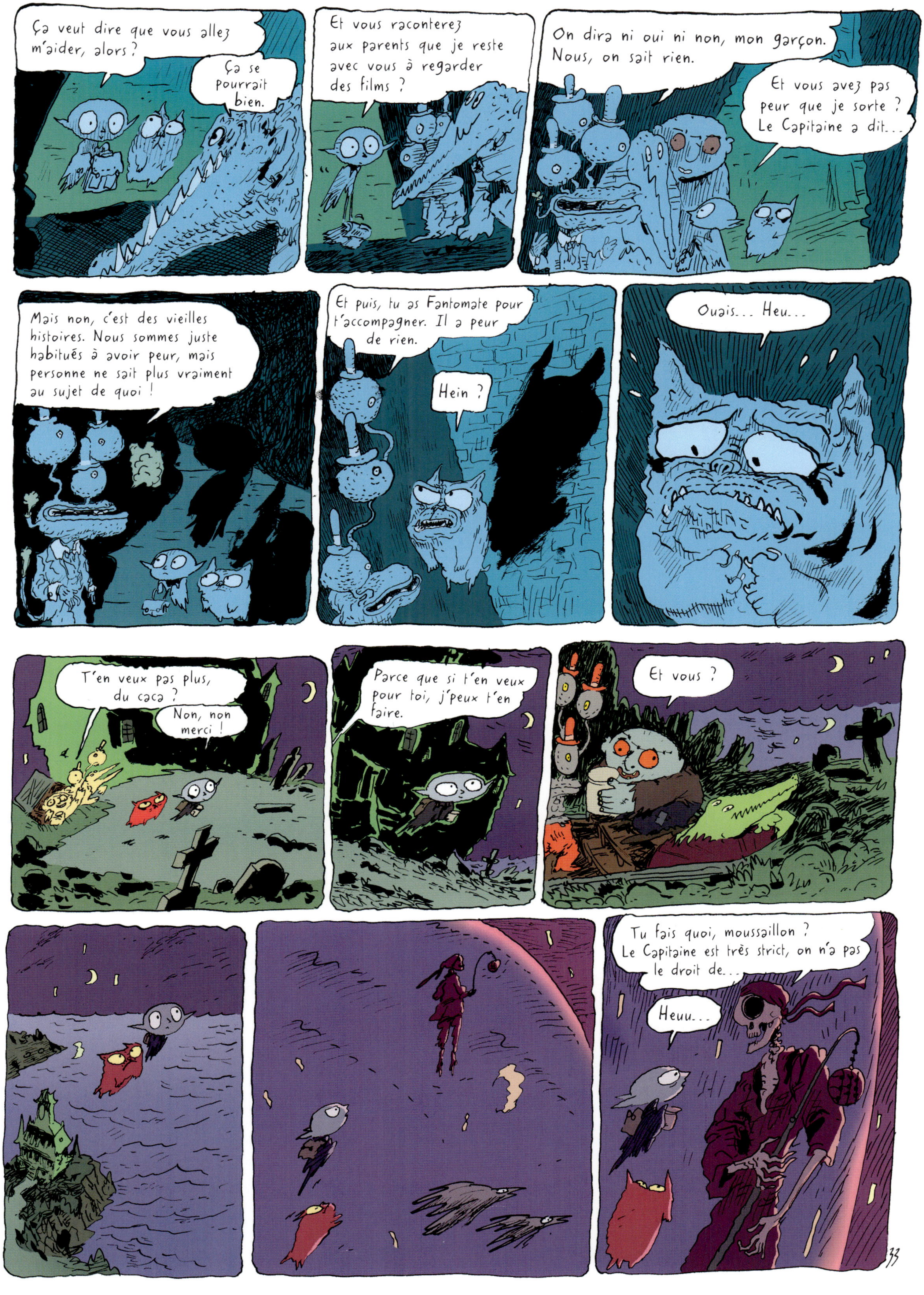
Ça veut dire que vous allez m'aider, alors ?
Ça se pourrait bien.
Et vous raconterez aux parents que je reste avec vous à regarder des films ?
On dira ni oui ni non, mon garçon. Nous, on sait rien.
Et vous avez pas peur que je sorte ? Le Capitaine a dit...
Mais non, c'est des vieilles histoires. Nous sommes juste habitués à avoir peur, mais personne ne sait plus vraiment au sujet de quoi !
Et puis, tu as Fantomate pour t'accompagner. Il a peur de rien.
Hein ?
Ouais... Heu...
T'en veux pas plus, du caca ?
Non, non merci !
Parce que si t'en veux pour toi, j'peux t'en faire.
Et vous ?
Tu fais quoi, moussaillon ? Le Capitaine est très strict, on n'a pas le droit de...
Heuu...
33

Le goûter.
Cool
C'est vraiment gentil. Raconte-moi ce que c'est
parce que depuis que j'ai plus de nez et plus de langue
je me rends pas trop compte de ce que je mange.
Le capitaine met des sentinelles partout, c'est soûlant.
Faut y aller discretos.
T'es sûr de ce que tu fais ?
Viens, trouillard.
Petit Vampire, cartable sur le dos, suivi par son chien, s'envole très haut dans le ciel nocturne.
T'as pas peur ?
Je suis déjà mort. Qu'est-ce que tu veux qui m'arrive ?
Oooh ! C'est beau, tout ça. Regarde, Fantomate !
Ouais, ouais.
34

C'est là ?
J'crois bien.
Ça sert à quoi, ces crochets ?
J'en sais rien.
À pendre les élèves s'ils ne sont pas sages ?
Clic !
C'est dans cette salle qu'ils font la classe.
Hm
Ils sont où, les élèves ?
Qu'est-ce que tu veux que j'en sache ?
Je suis juste un bouledogue...
Peut-être qu'ils ne viennent que le jour.
Ça servait à rien de venir.
On n'a qu'à faire semblant.
Moi, je suis la maîtresse.
Alors, imaginez.
Si un squelette mesure quatre-vingts centimètres cubes et que l'espace total d'un corbillard fait trois mètres cubes, combien de cadavres peut-on...
Regarde, Fantomate ! Y a un cahier avec le nom de l'élève : Michel Douffon.
35

Oh là là ! Il n'a pas l'air très fort, celui-là !
Tu fais quoi ?
Des maths !
Et tu fais pas d'erreurs, au moins ?
Ben lui, de toute façon, il l'a pas fait son exercice, alors...
Michel !
Michel, tu veux bien nous lire les résultats de l'exercice ?
Quatre cent vingt...
Daïna !
Tu ne souffles pas !
?
Quatre cent vingt-six.
Et aussi trois litres ! Et trente-trois pommes. Mais je sais pas de quelle marque...
Nice
Toulouse
Bastia
Ajaccio
Les pommes.
Tiens...
C'est juste ! Étrange. Enfin, bon. C'est bien, Michel. Bravo.
T'as plus besoin de moi, on dirait.
Chut !
36

Merci pour les calculs.
T'es qui ?
CLIC !
CLIC !
GOONG !
CLIC !
T'es tombé du lit, ce soir ? Où tu vas ?
J'y retourne.
Ce garçon est fou. Attends-moi !
Où vas-tu, Petit Vampire ?
Au ciné-club.
C'est bien.
MIAM !
Je pourrai refaire la maîtresse, dis ?
Alors...
Aujourd'hui, comment bien s'occuper de son chien.
"Merci pour les calculs. T'es qui ?"
Hé ! Fantomate ! Le petit garçon, Michel, il m'a écrit.
De quel droit il te parle, lui ?
37

Il me demande qui je suis.
Tu vas pas répondre, hein ?
Non, non.
un vampire
Un vampire !
C'est pas possible !
Je te crois pas que t'es un vampire.
Et qu'est-ce que je suis, alors ?
Je sais pas. Un voleur...
À ton avis, si j'étais un voleur, je me taperais tes calculs ?
Je suis un vampire, je te dis.
"et je veux être ton ami."
DRRRiiiiING !
Tu rentres avec moi ?
Ouais, ouais.
Hé !
On court pas ! On court pas !
CLIC DONG
MIAM !
CLAC !
38

Petit Vampire, où vas-tu ?
Au ciné-club, bien sûr, madame Pandora.
En passant par le jardin ?
C'est Fantomate, Maman. Il doit faire sa promenade, d'abord.
Hm.
Ça explique tout, je suppose.
CLAC !
C'est bon.
On ment bien, non ?
On ment tellement bien que je me dis qu'il n'y a aucune chance que ta mère découvre nos manigances. T'as vu comment elle est ?
Ouais, ouais... Ben justement, on devrait...
On devrait quoi ?
Faire gaffe !
J'ai un presquentiment.
C'est quoi ?
C'est presque un sentiment.
Toutou ?
Un instant.
Jamais plus.
J'en mets plus.
Toutou !
J'écris mon opéra.
Mais ça fait des siècles et il n'y a toujours que des feuilles blanches.
Hmmm... C'est angoissant, n'est-ce pas ?
39

À propos de Petit Vampire...
Non, non, il va bien.
Les enfants n'ont pas besoin de sociabiliser
ou de sortir
ou d'apprendre
ou de s'agiter.
Ah.
Mais non. Il passe ses nuits derrière un écran et il est très heureux.
Justement. Cette soudaine passion pour le cinéma me préoccupe.
Pensez-vous !
Moi, l'opéra, ça m'est venu d'un coup.
Alleeez !
Alleeez !
Mais...
Que...
Quoi ?
Mais qu'est-ce qu'on fait ?
On bétonne notre alibi.
40

Ohh, Maman !
Qu'est-ce que tu fais là ?
Je m'interroge.
Tu as vu quoi, hier, comme film ?
Heuu...
Le Chien des...
C'est à Petit Vampire que j'ai demandé.
Le Chien des Baskerville, avec Peter Cushing. Cadre 185, durée 135 minutes, film de 1959.
Et ce soir, vous allez voir quoi ?
Roger Corman, La Chambre des tortures, avec Vincent Price. Durée 143 minutes, film de...
Tu l'as pas encore vu et tu en parles si bien ?
Non, non.
C'est parce qu'on le re-voit, madame Pandora.
C'est vrai, ça ?
Oui, madame Pandora.
C'est...
C'est...
C'est très
vrai.
J'en reviens pas que vous ayez réussi à mentir correctement.
Tu nous prends pour des nuls ?
41

Hé, madame Pandora, vous venez voir le film avec nous ?
Non merci, j'ai beaucoup à faire.
Tu... tu savais qu'elle allait dire non ? T'es un génie du mensonge !
Ah... ah bon ?
Je suis ravi
d'être un génie de quelque chose.
...
Attention ! Je suis si petit ! Je veux redevenir normal. Au secours !
Sommeil AGITÉ !
OUUSST
RRZZZ
PATATRAK
?
?
?
T'étais obligé de prendre l'os du milieu ?
T'as tout cassé, tu répares.
Viens m'aider.
Non. Je suis occupé.

"Les vampires, ça existe pas..."
Ah ouais ?
Je suis un vampire, je te dis.
Hm...
Ça, c'est de l'info !
TIP!TIP TIBIDI TIP!
Allô !
Allô ! C'est urgent ! Passez-moi le patron.
Ouais, mais...
Je risque mille souffrances si je m'approche de lui. Il fait peur, le patron.
Crois-moi... ça vaut le coup.
Dis m'en plus !
Ah ouais !
Pa...
Patron ?
Comment ça, j'existe pas ?
Je vais te montrer si j'existe pas, moi !
Y'a une adresse sur le cahier.
Qu'est-ce que t'as en tête, Pitchoune, là ? Faut rentrer.
Ce Michel, il va voir si j'existe pas. Je vais chez lui.
47

T'es fou !
Déjà, l'école, j'étais contre, mais là, ça devient trop dangereux.
T'as peur d'un petit garçon qui sait même pas résoudre un problème de CM2 ?
Non, mais...
SCRITCH !
SCRITCH ! SCRITCH !
Gibbous ! Gibbous !
Pourquoi vous nous écrasez ?
J'aime le bruit que vous produisez en vous esquichant.
Mais vous avez plein d'humains à vous occuper ! C'est pas suffisant ?
Le Kawaii qu'on écrase entre le pouce et l'index, c'est une friandise. Comme un petit chocolat avec son café.
Pas moi !!!
Et pourquoi pas toi ?
44

Parce que j'ai un scoop terrible !
Parle.
Ça va tellement vous plaire que vous me rendrez ma forme humaine.
Parle.
Le collègue, dans une école pas loin, il a un truc ultra kawaii à vous dire. Il vient de m'expliquer. C'est...
Hé ! Collègue ! Parle au Gibbous.
Hé...
Patientez ! Il va répondre !!!
Scritch ! Scritch ! Ssscritch !
Pendant ce temps.
Mais quand on a la chance d'avoir un chien comme moi
Fantomate et Petit Vampire s'approchent de la villa où vit Michel.
on va pas prendre des risques pour un Michel inconnu.
Ils volent au niveau des plus hautes branches de palmiers.
Nul en maths, en plus.
C'est le cap d'Antibes.
Et il faut rentrer ! À la fin du ciné-club, il faut être à la maison.
45

Des petites maisons avec des bow-windows, des glycines...
Hé
La mer pas loin.
Hé
On entend les grenouilles coasser.
Hé, j'te cause !
Impasse Charles-Naudin. On y est !
La villa ressemble à une modeste pièce montée. Des vases en terre rouge, des géraniums, plein de cyprès et du mimosa. Tout est éteint.
Ils entrent par une fenêtre ouverte.
Deux vieux ronflent très fort dans une chambre. L'arrivée des intrus ne les réveille absolument pas.
Tu penses que c'est lui ?
Non. Ça, c'est des vieux.
J'espère qu'on est dans la bonne maison.
46

Première porte à gauche dans le couloir, une chambre d'enfant. Au mur, des affiches de films d'horreur.
Des figurines Aurore brillent dans le noir.
Un bateau de pirates, un dauphin gonflable en plastique, une petite paire de pantoufles, un édredon épais. Et la lune qui éclaire la scène.
Michel dort profondément.
Fantomate et Petit Vampire s'immobilisent en vol stationnaire juste au-dessus du garçon endormi.
Fantomate se dandine, fait des grimaces, s'agite.
Petit Vampire et Fantomate brillent dans le noir. Michel ne se réveille pas.
Chivalry & Sorcery
Petit Vampire finit par lui tapoter la tête de la pointe de son suaire.
Hé !
Hmm ?
WAAA !!!
Fais-le taire, j'te dis !
47

Ne crie pas, tais-toi ! Tu n'as rien à craindre !
Mfngfng !
Fantomate, va vérifier que son papa et sa maman ne sont pas réveillés !
Oui, patron !
Il faut pas que tes parents apprennent que j'existe.
C'est pas mes parents. C'est mes grands-parents. J'ai perdu mes parents.
Ah bon ?
Tu les as mis où ?
Ah ! Ah ! T'es marrant ! "Perdu mes parents", c'est une expression. Ça veut dire qu'ils sont morts.
Ah oui ? Comme moi, alors !
Moi, mes parents, c'est des morts-vivants.
Ah ouais, t'es vraiment un vampire, alors ! Mais moi, c'est pas pareil. Moi, c'est des morts-morts. C'est pour ça que je suis orphelin.
Si mes parents étaient des morts-vivants, je pense que je serais un vampire, comme toi.
Et c'est comment, un orphelin ?
Ben, comme moi, quoi, normal.
C'est bon, patron, les vieux ronflent comme des éléphants.
Je te présente Fantomate, mon chien.
48

Il est chouette. Attendez...
Michel va à son bureau et revient avec un bocal à poisson rouge.
Regardez, c'est Alphonse, c'est mon copain.
Je le trouve moche. C'est mieux un chien.
T'inquiète, il est jaloux.
farfouille dans l'étagère
Non, il est pas moche. Et puis, il me reconnaît.
Ah oui ?
Quand on met le nez sur le bocal, il vient.
(Mollement, le poisson s'approche.)
BADABOUM !
Fantomate ! Je t'emmène plus nulle part, hein ?!
Kawaii réveillé.
??
Téléphone coupé.
Tuuut Tuuut
Ça va. J'l'ai pas fait exprès.
Ah ! Ah ! Il est génial, ton chien.
Kawaii téléphone.
?
Biii
...
Biii
?
Quoi ?
Collègue ! Collègue !
Ch'uis un autre collègue. Le collègue d'avant, il est pas en état de converser.
49

Va voir le Gibbous ! S'il entend mes infos, il va nous récompenser.
Tu as dit ça à l'autre, aussi ?
Passe-moi le Gibbous. Il va nous rendre notre humanité ! J'ai vu les vampires !
Vraiment ?!!
Oui ! Passe-moi le...
Tu es réveillé, Michel ?
Non, Pépé. J'ai trouvé un chien. Il a dû escalader la corniche et entrer par la fenêtre.
Je peux le garder, dis, Pépé ?
On verra demain. Dors, à présent, Poupon.
Ah ! Ah ! Poupon !
Oui, bon.
Hé ! Moi, je reste pas ici avec le poisson rouge, hein !
Non, il faut qu'on rentre, le film est bientôt fini.
Le quoi ?
On t'expliquera. Tiens
ton cahier de maths.
Tu veux que je fasse tes exos ?
Oui, oui.
Et tu reviens demain, hein ?
Sur le bord de la fenêtre, Petit Vampire se met à griffonner des maths.
Le Kawaii est toujours en attente du Gibbous.

50

Patron ! Patron ! Prenez cet appel, ça vaut le coup !
C'est une manie, ces temps-ci. Tu es pressé d'être écrabouillé ?
Gibbous ! Patron ! Gibbous ! J'ai vu un vampire !
Tu mens. Décris-le-moi.
Un enfant vampire.
Le visage du Gibbous se tord de désir et de faim.
Il lâche le sac plein de vivants qu'il avait sur le dos
et dégaine ses deux sabres.
51

Ça m'épate ! T'as jamais foutu les pieds à l'école et t'assures en maths ! Moi, j'y suis depuis toujours et, à part les bombes à eau, je sais rien faire.
C'est parce que tu t'y intéresses pas vraiment.
Moi, je trouve ça très amusant, comme exercice.
Oh là là...
Si t'en viens à aimer les maths, ça veut dire que tu dois vraiment t'ennuyer dans ton cercueil.
J'habite PAS dans un cercueil.
Enfin, je dors dans un cercueil, parce que mes parents sont un peu traditionalistes, mais je pourrais aussi bien avoir un canapé-lit !
Hé ! Les pébrons ! Faut filer !
Tu me montreras où tu vis ?
Ben... c'est spécial, tu sais.
Tu survivrais pas deux heures !
À demain, alors.
Ouais ! À demain, copain !
Attendez !
Il court vers ses figurines et en sélectionne une avec soin.
Une qui ressemble (un peu) à Petit Vampire.
Tiens. C'est pour te remercier des maths.
Ah. Merci.
52

Petit Vampire et Fantomate s'éloignent.
Michel tarde à refermer sa fenêtre tant il est heureux de cette rencontre.
Arrivé à une certaine distance, Petit Vampire jette un regard en arrière, vers son nouvel ami. Ce qu'il voit l'inquiète énormément.
Une forme court sous les arbres.
Quoi, Pitchoune ?
Là ! Un truc.
Ça grimpe chez Michel.
Le Gibbous est monté le long de la façade. Michel ne le voit pas.
Michel s'est remis au lit.
Un sabre recourbé dans chaque main, le Gibbous passe sa tête dans la chambre.
Petit Vampire n'a pas pu s'empêcher d'avancer à découvert pour essayer de porter secours à son ami.
Gibbous ! Là !!
Le Gibbous sort en un instant.
53

Son regard fou plonge dans les yeux enfantins de Petit Vampire.
Petit Vampire est comme hypnotisé.
Fantomate l'attrape par son suaire et l'entraîne.
Le Gibbous se projette dans le vide.
Il effectue un saut de quinze mètres de long.
Il manque de les avoir.
Mais ! C'est quoi ce...
Grouille, pitin ! Grouille !
Le Gibbous donne des coups de sabre dans le vent.
Il saute comme les astronautes.
Mais plus vite.
À chaque saut, il est plus proche. Les Kawaiis le suivent. Petit Vampire vole aussi vite qu'il peut.
Le vampire et son chien prennent plein de branches de palmier dans la figure. Ils s'angoissent et s'écorchent. Petit Vampire n'a jamais eu aussi peur.

Ils finissent par distancer leur poursuivant.
Soudain, le Gibbous ouvre de grands yeux.
?
Il ne les voit plus du tout.
La maison hantée, pourtant si lumineuse et animée, devient presque invisible à ses yeux. Elle prend l'aspect d'une vieille demeure un peu croulante parmi d'autres du voisinage.
?
Le Gibbous ne la voit pas mieux que les autres vivants.
Le Capitaine.
Le Capitaine les protège.
On fait quoi alors, patron ?
Rien. Ce n'est pas grave. Nous connaissons leur point faible.
Quoi?
Le gamin. Il a...
Un ami.
Petit Vampire et Fantomate se faufilent sous la barrière de la maison hantée. Ils entrent par le sous-sol, traversent la grotte des monstres et se retrouvent derrière l'écran de la salle de cinéma.
C'était quoi, ce truc ?
Petit, c'est un truc qu'on devrait même pas avoir le droit d'en parler. Je savais même pas qu'il existait encore.
Manifestement, c'est le générique de fin.
Ça faisait tellement longtemps qu'on l'avait pas vu par ici.
SS

Ils arrivent dans la salle de cinéma avec l'air encore plus zombie que les zombies qui étaient sur l'écran un instant plus tôt.
Vous en faites une tête ! Qu'est-ce qui vous est arrivé ?
Tais-toi. J'te t'assure, t'as pas envie de savoir.
T'as rien vu. Tu sais rien. C'est mieux.
?
Mais vous êtes pénibles avec vos secrets. C'est un truc maigre en lune.
Ah ouais, la lune.
Mais toutes les nuits, on peut la voir, tu sais moi aussi, au début, je me demandais ce qu'elle foutait là, mais il paraît que c'est normal.
Je crois qu'elle est pendue à un truc.
Un fil en caoutchouc.
Fantomate. C'est pas le Gibb...
Si ! Tais-toi.
?
Tu l'as vraiment vu ?
Oui. Non. J'en sais rien...
Alors, il faut pas en parler.
Mais vous parlez de qui, à la fin ? Moi, n'importe qui, j'lui casse la tête.
Même le Gibbous ?
Silence terrible. Même Claude se recroqueville. Madame Pandora arrive à cet instant. Les autres sursautent. Ils essaient de se donner une contenance.
Tout se passe bien chez les cinéphiles ?
Il se passe rien, madame. Il se passe rien.
Maman, c'est quoi le Gibbous ?

56

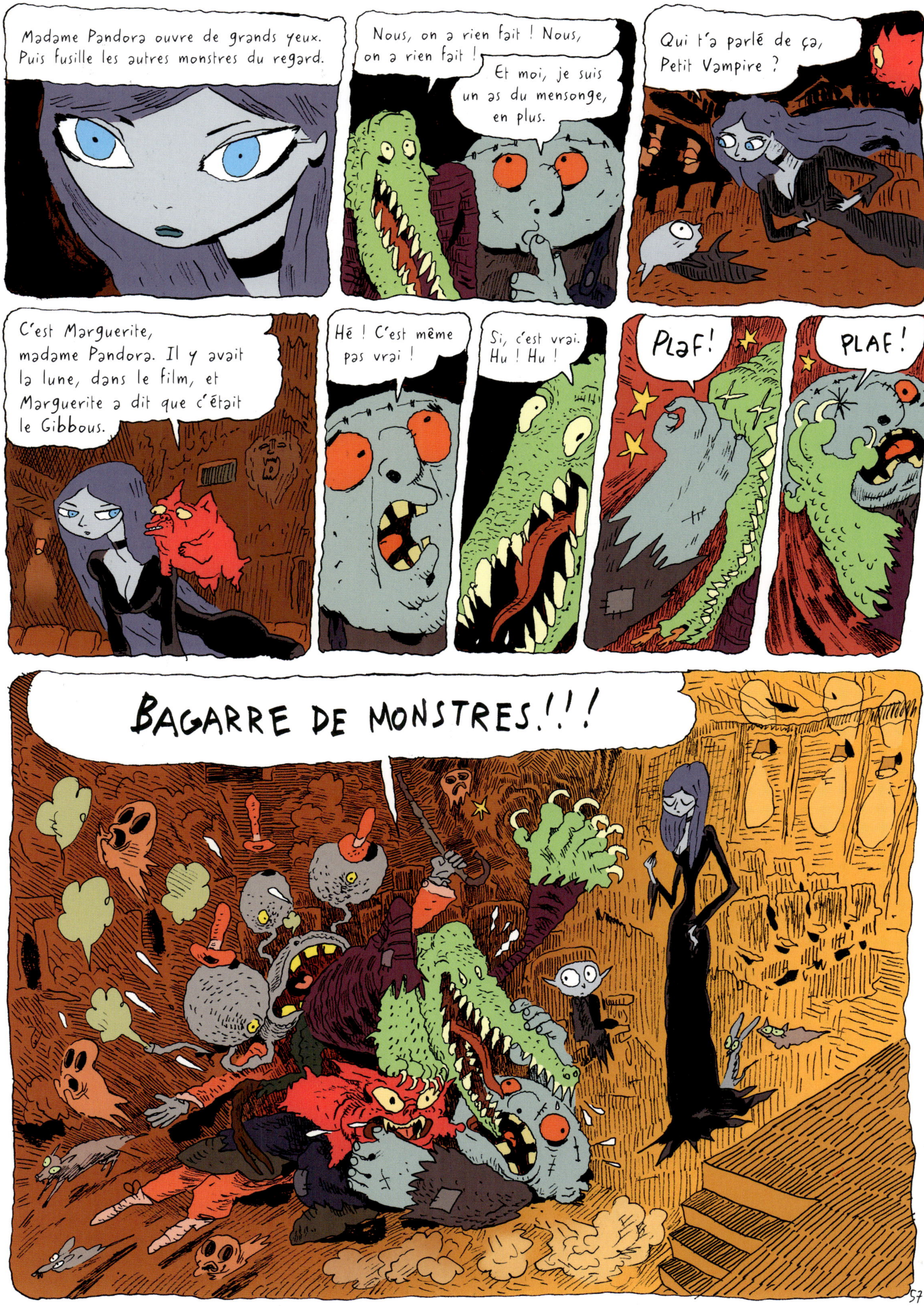
Madame Pandora ouvre de grands yeux. Puis fusille les autres monstres du regard.
Nous, on a rien fait ! Nous, on a rien fait !
Et moi, je suis un as du mensonge, en plus.
Qui t'a parlé de ça, Petit Vampire ?
C'est Marguerite, madame Pandora. Il y avait la lune, dans le film, et Marguerite a dit que c'était le Gibbous.
Hé ! C'est même pas vrai !
Si, c'est vrai. Hu ! Hu !
PLAF !
PLAF !
BAGARRE DE MONSTRES !!!
57

Ça suffit ! Je ferme le ciné-club pendant une semaine ! Tout le monde au lit.
Maman ! T'as pas répondu à ma question.
Oui, oui... Plus tard.
Aube. Chambre de Petit Vampire. Il joue avec la figurine que lui a offerte Michel.
Lorsque sa maman vient le border, Petit Vampire cache le jouet.
Maman. Les morts-morts, quand on les fiche dans un cercueil, ils bougent plus jamais ?
Les morts-morts ?
Drôle d'expression. Où as-tu entendu ça ?
Maman, réponds-moi !
En général, non. Ils ne bougent plus jamais.
Mais nous, c'est pas pareil ?
Nous, c'est très différent.
Nous, on peut jamais devenir des morts-morts ?
Hein, Maman ?
Petit Vampire. Tu es à un âge où l'on se pose beaucoup de questions, et...
Maman, zut !
58

Alors, disons que oui. Il existe des êtres, sur cette planète, qui peuvent nous faire mourir vraiment. Ce sont des Faucheurs. Ils travaillent pour le Dieu de la Mort. Le Dieu du Néant. Le Gibbous, dont tu as dit le nom, est l'un de ces... trucs.
Ah ouais ? Mais si après il se bat contre le Capitaine des Morts, qui est-ce qui gagne ?
Le Capitaine l'a déjà vaincu plusieurs fois.
Et il y parviendrait sans doute encore aujourd'hui. Mais il faut faire attention. C'est à cause du Gibbous que personne ne doit quitter notre maison. Ici, il y a des protections magiques très puissantes. Mais dehors...
Tu veux dire que ce monstre nous connaît et qu'il a le pouvoir de nous tuer ? De faire de nous des morts-morts ? C'est ça ce que tu dis ?
Oui. Le Gibbous a ce pouvoir.
Bon. Alors, on s'organise, on y va, et on l'écrabouille, le Gibbous, d'accord ? Comme ça, on pourra sortir quand on veut.
Lui, Petit Vampire, lui, il ne peut jamais vraiment mourir, je crois. Et puis, on ne sait pas exactement où il est.
Il fut un temps où il traînait beaucoup par ici. Mais aujourd'hui, il est sans doute très loin. En tout cas, je l'espère.
Petit Vampire, tu comprends, maintenant, pourquoi tu ne dois jamais, jamais sortir de la maison, hein ?
Hmmm.
C'est bien.

Elle s'en va. Petit Vampire n'en mène pas large. Fantomate est dans un état encore pire.
En tout cas, tu comprendras que ta passion pour les maths et les poissons rouges, c'est fini. Moi, je ne sors plus jamais d'ici.
Petit Vampire ne répond rien.
Tu m'entends, cougourdon, on sort plus de cette maison ! Plus jamais !!!
Obscurité.
Mouvements.
Formes.
Petit Vampire cauchemarde.
Il voit Michel poursuivi.
En danger.
NIII ! NIII !
60

À suivre...

DU MÊME AUTEUR

AUX ÉDITIONS RUE DE SÈVRES
TU N'AS RIEN À CRAINDRE DE MOI
FIN DE LA PARENTHÈSE

AUX ÉDITIONS ALBIN MICHEL
L'ÉTERNEL
LE PLUS GRAND PHILOSOPHE DE FRANCE
COMMENT TU PARLES DE TON PÈRE

AUX ÉDITIONS DE L'ASSOCIATION
LE BORGNE GAUCHET
LE BORGNE GAUCHET AU CENTRE DE LA TERRE
LES CARNETS DE JOANN SFAR – HARMONICA
LES CARNETS DE JOANN SFAR – UKULÉLÉ
LES CARNETS DE JOANN SFAR – PARAPLUIE
LES CARNETS DE JOANN SFAR – PIANO
LES CARNETS DE JOANN SFAR – CARAVAN
NOYÉ LE POISSON
PARIS-LONDRES
PASCIN – 7 TOMES
LE PETIT MONDE DU GOLEM
PETIT VAMPIRE PETITE VOITURE IN LAPIN

AUX ÉDITIONS BAYARD
SARDINE DE L'ESPACE – 9 TOMES
EN COLLABORATION AVEC EMMANUEL GUIBERT

AUX ÉDITIONS CORNÉLIUS
LES AVENTURES D'OSSOUR HYRSIDOUX – 2 TOMES

AUX ÉDITIONS DARGAUD
LE CHAT DU RABBIN – 6 TOMES
L'ART DU CHAT DU RABBIN
EN COLLABORATION AVEC ANTOINE DELESVAUX ET SERGE MOATI
BRASSENS OU LA LIBERTÉ
GAINSBOURG – HORS CHAMP
GAINSBOURG – IMAGES
LES LUMIÈRES DE LA FRANCE – 1 TOME
MERLIN – 4 TOMES – EN COLLABORATION AVEC JOSÉ LUIS MUNUERA
LE MINUSCULE MOUSQUETAIRE – 3 TOMES
NORMAL
SARDINE DE L'ESPACE – 4 TOMES
EN COLLABORATION AVEC EMMANUEL GUIBERT
SOCRATE LE DEMI-CHIEN – 3 TOMES
EN COLLABORATION AVEC CHRISTOPHE BLAIN
TOKYO – 1 TOME
LA VALLÉE DES MERVEILLES – 1 TOME
LA VILLE DES MAUVAIS RÊVES – EN COLLABORATION AVEC DAVID B.

AUX ÉDITIONS DENOËL
L'HOMME-ARBRE – 2 TOMES

AUX ÉDITIONS DUPUIS
LA FILLE DU PROFESSEUR
EN COLLABORATION AVEC EMMANUEL GUIBERT
LES OLIVES NOIRES – 3 TOMES
EN COLLABORATION AVEC EMMANUEL GUIBERT

AUX ÉDITIONS HAZAN
JE L'APPELLE MONSIEUR BONNARD

AUX ÉDITIONS FLAMMARION
À CAUSE DE LA VIE – TEXTE DE VÉRONIQUE OVALDÉ

AUX ÉDITIONS FUTUROPOLIS
LA PROMESSE DE L'AUBE – TEXTE DE ROMAIN GARY

AUX ÉDITIONS DELCOURT
LE BESTIAIRE AMOUREUX – 4 TOMES
LES CARNETS DE JOANN SFAR – GREFFIER
LES CARNETS DE JOANN SFAR – MISSIONNAIRE
LES CARNETS DE JOANN SFAR – MAHARAJAH
LES CARNETS DE JOANN SFAR – CROISETTE
LES CARNETS DE JOANN SFAR – SI DIEU EXISTE
LES CARNETS DE JOANN SFAR – JE T'AIME MA CHATTE
DONJON – 39 TOMES – AVEC LEWIS TRONDHEIM,
EN COLLABORATION AVEC ALFRED, ANDREAS, BÉZIAN, BLANQUET, BLAIN, BLUTCH, BOULET, GAULTIER, KÉRAMIDAS, KERASCOËT, KILLOFFER, LARCENET, MAZAN, MENU, MORAGUES, NINE, OBION, STANISLAS, VERMOT-DESROCHES ET YOANN
PETIT VAMPIRE – 7 TOMES ET 1 COMPILATION DES TOMES 1, 2, 4 ET 6
GRAND VAMPIRE – 6 TOMES
VAMPIRE – EN COLLABORATION AVEC SANDRINA JARDEL
PETRUS BARBYGÈRE – 2 TOMES
EN COLLABORATION AVEC PIERRE DUBOIS
LES POTAMOKS – 3 TOMES
EN COLLABORATION AVEC JOSÉ LUIS MUNUERA
PROFESSEUR BELL – 5 TOMES
EN COLLABORATION AVEC HERVÉ TANQUERELLE
TROLL – 6 TOMES
EN COLLABORATION AVEC JEAN-DAVID MORVAN, OLIVIER BOISCOMMUN ET THOMAS LABOUROT

AUX ÉDITIONS GALLIMARD
À BICYCLETTE, UN TOUR DE FRANCE
L'ANCIEN TEMPS – 1 TOME
BRASSENS, CHANSONS ILLUSTRÉES
CHAGALL EN RUSSIE – 2 TOMES
JEANGOT – 1 TOME
EN COLLABORATION AVEC CLÉMENT OUBRERIE
JOURNAL DE MERDE
KLEZMER – 5 TOMES
MONSIEUR CROCODILE A BEAUCOUP FAIM
LE PETIT PRINCE – D'APRÈS SAINT-EXUPÉRY
STARS OF THE STARS – 1 TOME
EN COLLABORATION AVEC PÉNÉLOPE BAGIEU
GRANDCLAPIER, UN ROMAN DE L'ANCIEN TEMPS
RG – EN COLLABORATION AVEC PIERRE DRAGON ET FREDERIC PEETERS

AUX ÉDITIONS IMPRESSIONS NOUVELLES
ENTRETIENS AVEC JOANN SFAR
EN COLLABORATION AVEC THIERRY GROENSTEEN

AUX ÉDITIONS MARABOUT
LES CARNETS DE JOANN SFAR – SI J'ÉTAIS UNE FEMME JE M'ÉPOUSERAIS

AUX ÉDITIONS MICHEL LAFON
LE NIÇOIS

AUX ÉDITIONS NATHAN
CONTES ET RÉCITS DES HÉROS DU MOYEN ÂGE
EN COLLABORATION AVEC GILLES MASSARDIER
LES ANIMAUX FANTASTIQUES
EN COLLABORATION AVEC BRIGITTE COPPIN